Die Autorin

Ilse Martin wurde selbst 1953 mit einer Fehlbildung des linken Unterarmes geboren und befasst sich seit über zwanzig Jahren mit Literatur zum Thema Dysmelie. Sie schloss ihr Studium an der Goethe-Universität Frankfurt als Diplom-Heilpädagogin ab. Seit Gründung des Vereines 2008 ist sie Vorsitzende der Selbsthilfegruppe Dysmelien e. V.

Impressum

Ilse Martin
Die Reisen des Herrn Anders
Ilse Martin
Hanauer Straße 11, 63477 Maintal/Hochstadt
www.dysmelien.de
© 2016 Homo-Mancus-Verlag, Maintal.
ISBN: 978-3-9814104-5-7
1. Auflage 2016

Umschlaggestaltung, Layout und Satz: Daniel Nachtigal
Druck und Bindung:
Beltz Bad Langensalza GmbH
Bildrechte Titelseite (Umschlag): Daniel Nachtigal
© 2016 Homo-Mancus-Verlag, Ilse Martin
Alle Rechte, insbesondere das Recht der Vervielfältigung, Verbreitung und öffentlichen Wiedergabe in jeder Form, einschließlich einer Verwertung in elektronischen Medien, der reprographischen Vervielfältigung, einer digitalisierten Verbreitung und der Aufnahme in Datenbanken oder des (auch teilweisen) Nachdrucks vorbehalten.

Ilse Martin

Die Reisen des Herrn Anders

Hallo

Ich möchte mich vorstellen: Mein Name ist Herr Anders, Martin Anders. Früher hieß ich anders, aber mir gefiel mein Name nicht. Ich bat Ilse, mich anders zu nennen und dabei blieb es: sie nannte mich ab diesem Zeitpunkt Anders. Der Name gefällt mir!

Seit Geburt habe ich einen langen und einen kurzen Arm. Der medizinische Ausdruck dafür ist Dysmelie.

Ich begegne auch Menschen mit Amputationen, meist verursacht durch einen Unfall; es gibt auch Menschen mit Amputationen als Folge einer Krankheit.

Ich reise gerne mit meiner Begleiterin Ilse, mit ihr fahre ich überall hin. Über die Reisen freue ich mich immer und bin jetzt schon gespannt, wo mich die nächste Reise hinführen wird.

Manchmal nervt es sehr, wenn die Menschen unterwegs meinen kurzen Arm anstarren und mir blöde Fragen stellen. Nette Fragen, die Interesse an mir zeigen, finde ich total okay.

Manchmal beantworte ich gerne Fragen und manchmal ist es nur doof, es kommt ganz darauf an, was vorher war und wie ich drauf bin. Wenn mich vorher schon etliche Menschen angesprochen haben, finde ich es nicht gerade toll, schon wieder gefragt zu werden. Wenn alles gut läuft an dem Tag und ich schöne Dinge erlebt habe, macht mir die Fragerei überhaupt nichts aus.

Nun interessiert mich natürlich, wie es anderen Kindern und Erwachsenen ergeht, die auch einen kurzen Arm oder beide, kurze Finger oder ein kurzes Bein oder Beine haben.

Das kann ich bei den spannenden Reisen locker erfahren, denn mit Ilse komme ich sehr viel herum.

Ilse und ich erfahren sehr viel über das Leben von anderen. Was sie mögen und was sie nicht mögen.

Wir haben großen Spaß und es gibt immer etwas zu lachen.

Im Anderland

In Anderstadt im Anderland kam ich zur Welt. Dort gibt es viele bunte Menschen mit kurzen Armen oder Beinen und keiner fragt nach dem Aussehen. Dort ist es normal, so zu sein, wie man ist. So wird man angenommen. Jeder sieht anders aus. Der eine hat eine lange, breite Nase, die andere eine Stupsnase. Die eine hat ganz kurze Haare und der andere ganz lange. Man zieht an, was einem selbst gefällt, es herrscht keine Mode.

Es zweifelt keiner an den Fähigkeiten der Mitmenschen, egal wie viele Hände oder Füße man hat. Das ist bei uns Nebensache. Viel wichtiger bei uns ist, dass man sich den anderen gegenüber richtig verhält und ihnen nicht weh tut.

Natürlich hilft man sich immer gegenseitig, aber nur, wenn die Hilfe vom anderen gewünscht ist. Wenn jemand überhaupt kein Interesse an den anderen zeigt, wird er gleich von uns erinnert, dass wir doch eine Gemeinschaft sind. Jeder achtet den Nachbarn und zeigt, dass er uns viel Wert ist. Auf diese Weise nehmen wir Rücksicht aufeinander.

Auch ist es für niemanden komisch, wenn jemand zwei lange Arme oder Beine hat, denn selbst Langarmer und Langbeiner fallen nicht auf. Auch fällt es nicht auf, wenn jemand ganz große Füße oder ganz kleine hat.

Diese Selbstverständlichkeiten bin ich aus dem Anderland gewohnt, damit bin ich aufgewachsen. Deshalb wundere ich mich hier manchmal über die teilweise seltsamen Reaktionen und tue mich etwas schwer.

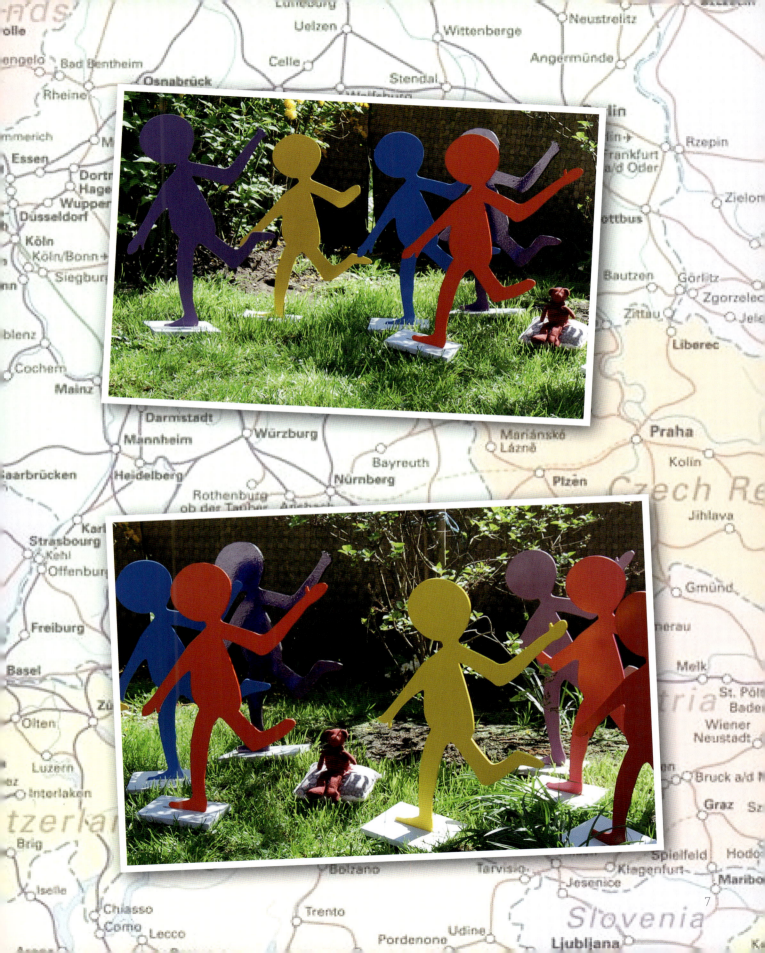

Wie alles begann

Ilses Erzählungen nach war sie unterwegs auf der Suche nach einem Bären, der sie bei ihren Reisen begleitet. Sie wollte nicht mehr alleine reisen.

Aus meiner Sicht war es jedoch ganz anders: In meiner Heimat fühlte ich mich wohl und geborgen, trotzdem war ich unheimlich reiselustig. Ich wollte sehen, was das Leben auf der anderen Seite unserer Grenzen bietet und wie Menschen dort miteinander umgehen.

Natürlich wollte ich wissen, wie es Kindern und Erwachsenen mit kurzen Armen und Beinen in anderen Ländern ergeht.

Also setzte ich mich an meinen Computer und surfte im Internet. Dort fand ich die Homepage von Ilse und klickte mich sofort durch. In kürzester Zeit wusste ich, dass ich sie kennen lernen möchte.

Ich kontaktierte sie und fragte nach, ob sie Zeit für mich hat. Sie sagte sofort zu und ich fuhr los Richtung Hessen.

Wir waren uns auf Anhieb sympathisch und erzählten stundenlang von unseren Erlebnissen und Reisen.

Ilse erzählte mir, dass sie oft gefragt wird, ob der kurze Arm weh tut und man ihn auch mal anfassen darf? Auch wollen viele von ihr wissen, ob der Kurze noch wächst? Sie versicherte mir, dass der Kurze nicht weh tut und nicht weiter wächst. Nette Menschen dürfen ihn anfassen, blöde jedoch auf gar keinen Fall.

Bald beschlossen wir, gemeinsam unsere Unternehmungen zu machen.

Ilse fragte mich, ob ich zu ihr ziehen möchte. Da musste ich nicht lange überlegen, ich sagte Ilse spontan zu und zog bei ihr ein.

Seitdem sind wir fast unzertrennlich.

Frau Anna Ganz-Anders und weitere Freunde

Als ich Frau Anna Ganz-Anders kennen lernte, wohnte sie in Wien. Dort fühlte sie sich sehr wohl. Anna lebte in einer Familie mit Hunden und Katzen. Jeden Tag ging sie mit ihnen spazieren und genoss das Leben. Bei einer meiner vielen Reisen nach Wien lernte ich sie kennen und verliebte mich total in sie. Schnell war ihr Entschluss gefasst zu mir zu ziehen. Platz haben wir ja genug.

In Bratislava, der Hauptstadt der Slowakei, lernte ich Melia kennen. Sie arbeite dort in einem Souvenirshop, in dem sie Touristen, die die Burg Bratislava besichtigten, beriet. Diese Arbeit machte ihr großen Spaß!

Melias linker Arm ist ebenfalls kürzer als der rechte. Die Touristen haben sie immer höflich gefragt, wodurch ihr linker Arm kürzer ist und sie hat die vielen Fragen immer freundlich beantwortet. Sie war so froh, endlich einmal jemanden wie mich kennen gelernt zu haben, der auch einen kürzeren Arm hat.

Wir haben uns auf Anhieb verstanden und Melia hat kurzerhand ihren Job geschmissen und ist sofort mit zu mir und Frau Ganz-Anders nach Hause gekommen, obwohl sie nicht besonders gut deutsch sprechen kann. Inzwischen kann sie sogar auf Deutsch fluchen.

Beim Besuch der alten Stadtmauer, der Ringmauer, unseres Wohnorts Hochstadt in Hessen fühlt sie sich heimelig, sie erinnert Melia an die Gemäuer der Burg in ihrer Heimat.

Später gesellten sich noch Harry und Raggedy Ann zu uns; sie hatten gehört, wie entspannt es bei uns ist. Wie man deutlich auf den Bildern sehen kann, fühlen auch sie sich wohl bei uns.

11

In Dresden

Die Altstadt von Dresden hat mich schon immer fasziniert. Dort bewege ich mich sehr gerne und freue mich über die alten Gebäude dort.

Ein Spaziergang durch den berühmten Zwinger, ein Baudenkmal, war ein Muss. Der dort angelegte Garten ist eine Augenweide. Da waren sehr viele Menschen unterwegs.

Ganz in der Nähe des Zwingers ist die Semperoper. Dort habe ich die Zauberflöte gesehen und war total begeistert. An dieser harmonischen Musik konnte ich mich gar nicht satt hören.

Dann machte ich einen Spaziergang zur Seilbahn und überquerte auf dem Weg dorthin die Elbe über das „Blaue Wunder". Da war der Wind so stark, dass er mich fast von der Brücke gefegt hätte!

Was viele nicht wissen: Es gibt eine Standseilbahn, die den Hügel hinauf fährt, dort begegnete unserer Bahn eine weitere, die wieder abwärts fährt. Oben angekommen wird man durch den großartigen Blick auf die Stadt und die Elbe belohnt. Das Posieren für dieses Bild war ganz schön gefährlich, denn es ging steil hinab. Es war sehr windig und ich hatte Angst, über das Geländer gepustet zu werden. Es ging zum Glück gut, die Brücke – das blaue Wunder – ist herrlich anzusehen.

Natürlich traf ich in Dresden Kinder und unterhielt mich angeregt mit ihnen über das, was sie so alles erlebt haben.

Da bekam ich während des Aufenthaltes in Dresden die Idee, meine Erlebnisse und Eindrücke aufzuschreiben, in ein Buch zu packen und mit euch zu teilen. Seitdem habe ich immer einen Notizblock bei mir, um schnell etwas festzuhalten, sonst vergesse ich es womöglich.

Das habe ich von Ilse gelernt, sie macht das auch immer so.

Beim Sommerfest

Endlich war es wieder soweit! Anfang August treffen wir uns - wie jedes Jahr - zum Sommerfest. Da ist was los!

Da lerne ich jedes Jahr neue Kinder kennen. Erwachsene sind ebenso dabei, klaro. Einige haben kurze Arme oder einen kurzen Arm oder kurze Finger, andere haben keine Finger oder ein kurzes Bein. Jeder sieht anders aus. Wir spielen zusammen und unterhalten uns über das, was wir mögen und was wir nicht mögen.

Manche bringen ihre Prothesen mit und vergleichen, was die verschiedenen Prothesen können und was nicht. Sie sehen völlig unterschiedlich aus.

Andere Erwachsene brachten ihre selbst gebauten Hilfsmittel mit, die ihnen den Alltag erleichtern.

Die Kinder kommen mit ihren Eltern teilweise von weit her, um einen schönen Nachmittag zu erleben.

Da kann ich es mal so richtig genießen, im Mittelpunkt zu stehen. Ilse hat mir diesen superbequemen Sessel mitgebracht, in dem ich es mir ordentlich gemütlich gemacht habe.

Jeder, der etwas zu Essen oder Trinken nehmen wollte, musste an mir vorbei. So konnte ich mich mit jedem, der am Fest teilnahm, unterhalten.

Bille half mir mit den Luftballons abzuheben, damit ich besser sehen konnte. Ich fühlte mich super, wie der Mensch in dem Film „Oben", dort konnte sogar ein Haus fliegen.

Ich konnte beobachten, dass sich einige Kinder auf Anhieb supergut verstanden und habe später erfahren, dass der Kontakt über das Fest hinaus besteht.

Sowohl den Kindern als auch den Eltern gefiel es außerordentlich gut und sie nahmen sich vor, im nächsten Jahr wieder zu kommen.

Ich freue mich schon jetzt auf das Sommerfest im nächsten Jahr!

Sophias erster Schultag

Sie war schon seit Monaten sehr aufgeregt und fragte mich, ob ich zu ihrem ersten Schultag mitkommen möchte. An einem so wichtigen Tag wollte ich natürlich dabei sein. Und ich durfte mitten auf ihrer Schultüte sitzen! Da fühlte ich mich geehrt! Die Schultüte war gefüllt mit leckeren Naschsachen und Stiften, die man im Unterricht gut verwenden kann.

Zusammen mit den anderen Kindern, die ebenfalls ihren ersten Schultag hatten, saß man in der Aula und wartete auf die Begrüßung durch die Schulleiterin. Eltern, Großeltern und Freunde waren dabei. Die meisten Kinder kennt Sophia aus dem Kindergarten, in den sie bis zum Sommer ging. Sie waren alle genauso aufgeregt wie sie.

Sophia denkt an die Möglichkeit, in der Schule viel zu lernen und viele spannende und interessante Dinge zu erleben.

Ganz wichtig ist natürlich der Schulranzen. Er ist nicht schwer und hat Reflektoren, damit man Sophia auch im Dunkeln auf dem Schulweg sehen kann.

Endlich schreiben und lesen lernen! Seite für Seite in einem Buch lesen zu können ist eine wahre Bereicherung. Da fühlt man sich ganz schön groß.

Wenn Sophia schreiben gelernt hat, kann sie mir eine Postkarte schicken, darauf freue ich mich jetzt schon!

Ich wollte von ihr wissen, welche Figuren sie am liebsten mag. Da ließ die Antwort nicht lange auf sich warten. Sie kann es kaum erwarten, Geschichten über die Biene Maja selbst zu lesen und sie mag die Kinderhörspiele von Bibi &Tina. An Prinzessin Lillifee mit ihren Geschichten findet Sophia auch großen Gefallen.

Ich musste gleich ausprobieren, wie es sich anfühlt, die Schulbank zu drücken. Mir gefällt's.

Zwillinge

Wir waren unterwegs in den Norden, um an einem Treffen teilzunehmen. Dort gab es eine Hüpfburg! Daneben stand sogar eine für kleine Kinder.

Hier konnten wir uns austoben.

An dem Treffen nahmen viele Kinder teil, es war ein buntes, fröhliches Treiben.

Und dann sah ich die Zwillinge. Als ich die beiden sah, dachte ich zuerst, ich sehe doppelt. Ungläubig rieb ich mir die Augen. Die Zwillingsmädchen Lotta und Louisa standen mir gegenüber und grinsten. Man spürt genau, wie sehr die beiden sich mögen. Wenn es darauf ankommt, halten sie immer zusammen. Interessant ist, dass beide Mädchen sich unterschiedlich benehmen. Sie werden von ihren Eltern gleich behandelt, aber jede ist doch anders. Die Freunde, die sie gut kennen, können sie sofort auseinanderhalten. Übrigens, Lotta hat einen kurzen und einen langen Arm. Louisa hat zwei lange Arme, das ist allerdings nicht schlimm.

Sie nahmen mich sofort mit in die Hüpfburg und zeigten mir alles. Sogar die Rutsche durfte ich benutzen. Das ließ ich mir nicht zwei Mal sagen!

Das war ein richtiges Gewusel, alle Kinder hatten ihren Spaß.

Nachdem die anderen gegangen waren, unterhielt ich mich noch mit den beiden. Sie erzählten mir, dass sie laute Motorräder überhaupt nicht mögen. Da waren sie sich absolut einig, der Krach, den Motorräder verursachen, ist blöd. Wo ich doch Motorräder liebe.

In dem Moment sahen wir ein Flugzeug über uns, das im Anflug für eine Landung am Hamburger Flughafen war. Da waren die leuchtenden Augen! Lotta und Louisa lieben Flugzeuge! Wir unterhielten uns dann über weite Reisen mit dem Flieger, wo man gerne hin fliegen würde und was man dort alles erleben könnte.

Wir waren uns schnell einig, wir wollen uns bald wieder sehen.

Unterwegs

Um von einem Ort zum anderen zu kommen, braucht man ein Fortbewegungsmittel.

Für kurze Strecken bevorzuge ich das Fahrrad oder Skateboard und manchmal lasse ich mich gerne mitnehmen.

Wenn ich längere Strecken fahre und das Wetter schön ist, nehme ich am liebsten das Motorrad. Wenn bei der Fahrt der Wind um die Nase weht, fühlt sich das so gut an, ein Hauch von wilder Freiheit.

Wir fahren auch oft mit der Bahn, da finde ich es immer spannend, fremde Menschen kennen zu lernen. Immer wieder werden wir gefragt, warum unsere linken Arme kurz sind. Ich habe mich allmählich daran gewöhnt, obwohl ich nicht ganz verstehe, warum es den Fremden so wichtig ist.

Ilse beantwortet geduldig deren Fragen, während ich es lustig finde, die Menschen zu beobachten.

Am liebsten fahre ich mit dem Auto, da kann man sich aussuchen, wann man losfährt und wie viele Pausen man macht.

Im Frühling kann ich es kaum erwarten, mich in mein Cabrio zu setzen und bei sonnigem Wetter loszufahren.

Eines Tages trafen wir Odette. Wir hatten uns an einer Autobahnraststätte verabredet. Das fand ich aufregend! Sie war unterwegs zu einer Freundin und machte Halt, um uns kennen zu lernen. Sie fährt genauso gerne Auto wie ich. Odette hat ein sehr schönes, geräumiges und gemütliches blaues Auto. Ich durfte hinein schauen und es mir bequem machen. Ich wollte sehen, wie sie das Auto mit ihren kurzen Armen steuert. Jeder macht es etwas anders. Ich erzählte ihr, wie ich es handhabe, und sie zeigte mir dann, wie sie am Steuer sitzt.

Wir hatten noch viel mehr zu klönen und die Zeit flog. Das können wir gerne wiederholen.

Alles selbst genäht

Da man bei uns keine Anziehsachen mit einem kurzen und einem langen Ärmel kaufen kann, habe ich einfach begonnen, meine Oberteile selbst zu nähen. Wenn man schon die Klamotten umändern muss, will ich sie gleich nach meinem Geschmack haben. Ich kann mir den Schnitt, den Stoff und die Farben selbst aussuchen. Genauso, wie ich es mir vorstelle, kann ich es mir nähen. Und weißt du was? Es macht sogar richtig Spaß!

Anfangs hatte ich meine Zweifel, ob ich das jemals werde lernen können. Wenn ich andere beim Nähen beobachtete, sah es so schwer aus. Das war aber nur ganz zu Beginn, dass ich Schwierigkeiten hatte. Je öfter ich es versuchte, desto leichter ging es mir von der Hand.

Am meisten gefällt mir, dass ich meinen Freunden und besonders meinen Freundinnen eine Riesenfreude machen kann, indem ich ihnen ein Kleidungsstück nähe. Genau passend zu ihrem Typ kann ich es sogar in der Lieblingsfarbe der Beschenkten anfertigen.

Ich habe auch schon Stofftiere genäht, das war gar nicht so einfach.

Ich lese unheimlich gerne, am liebsten im Liegen, im Bett oder auf dem Sofa. Dafür schiebe ich mir ein kleines Kissen unter den Kopf. Dieses Kissen habe ich mir genau nach meinen Vorstellungen genäht. Ein anderes Kissen, das ich liebe, haben zwei total nette Mädchen für mich genäht und mir geschenkt. Darauf sitze ich gerne, besonders beim Nähen.

Natürlich kann man mit der Nähmaschine auch Schabernack treiben, wie man an der Begegnung mit Harry sehen wird. Harry hat mich überredet, Ilses Jackenärmel und Hosenbeine zuzunähen. Das fand ich spaßig, Ilse weniger.

Beim Musizieren

Wenn es möglich ist, höre ich von morgens bis abends Musik. Ich bin auf keine Musikrichtung festgelegt, ich höre mir alle Lieder an. Gerne mache ich selbst Musik, statt Lieder vorgegeben zu bekommen.

Besonders mag ich die Musik von Ludwig van Beethoven. Mein großes Vorbild ist Schroeder von den Peanuts. Er spielt ausschließlich Stücke von Beethoven. Das gefällt mir auch sehr gut, wobei ich sehr gerne andere schöne Musik spiele. Beispielsweise mag ich Wolfgang Amadeus Mozart und manchmal Bach. Am allerliebsten singe oder summe ich mit.

Manche Menschen behaupten, ich könne nicht singen – aber das glaube ich nicht. Es macht mir Spaß, das zählt.

Ich denke, ein bisschen Musikalität steckt in uns allen. Warum soll man sich das mies machen lassen?

Wenn ich Freunden ein Stück vorspiele und sie hören mir zu und klatschen zum Abschluss, das macht mich glücklich.

Neulich spielte ich auf einer Orgel, das fetzte! Die Musik fühlte ich voll im Bauch, herrlich!

Das weiß jeder: Musik hilft Menschen beim Lernen. Man weiß auch, dass schon Babys sich beim Hören bestimmter Lieder beruhigen oder aktiv werden. Je nach Lautstärke und Musikgeschmack. Babys versuchen, Melodien mitzusingen. So lernen sie leichter unsere Sprache.

Von allen großen Musikern weiß man, dass in ihrer Kindheit viel gesungen wurde.

Talent gehört dazu, keine Frage. Und vor allen Dingen muss es Freude machen, sich selbst spielen zu hören.

Neulich lief ein Kind unsere Straße lang und sang die Arie der Königin der Nacht aus der „Zauberflöte". Das hat mich sehr gefreut!

Am Starnberger See

Ich hatte schon so viel vom Starnberger See gehört, wie schön es dort sein soll. Er liegt im Süden Deutschlands, gar nicht weit von München. Als ich dort ankam, war es alles andere als das. Es stürmte und regnete dermaßen, dass mir angst und bange wurde. Zuerst saß ich draußen, direkt neben dem Wasser, der Wind wurde jedoch so stark, dass ich fürchtete, von ihm ins Wasser geweht zu werden. Da ging ich doch lieber ins Trockene und betrachtete das Geschehen aus sicherer Entfernung durch das Fenster. Es würde sicher bald besseres Wetter geben.

Und so war es auch. Am nächsten Tag lachte der Himmel und der Sturm

von gestern war vergessen. Der See war wieder ruhig und glatt, so, als sei nichts gewesen.

Beim Spaziergang unterwegs zum See kamen wir an einem Garten vorbei, in den ein Mensch einige bekannte Bauten wie den Eiffelturm in Paris und den Big Ben in London in Miniatur selbst nachgebaut hatte. Endlich sah ich eine kleine Welt, in der ich mich wohl fühlte, weil ich mir dort groß vorkam.

Interessant finde ich die bayrische Mundart. Da muss man ganz genau hinhören, wenn man verstehen will, was die dort Ansässigen miteinander reden.

Alex, ein Freund, fragte mich einmal: Wenn Hochdeutsch gesprochen wird, muss es auch Tiefdeutsch geben, oder?

In Starnberg traf ich eine Frau mit kurzen Armen, die mir erzählte, dass sie am liebsten Bücher liest und spazieren geht. Wir gingen den Weg gemeinsam lang und tauschten uns unterwegs aus. Wir liefen sogar weit auf dem langen Steg raus und sahen die Fische unter dem Steg schwimmen. Ich malte mir aus, wohin die Fische in dem großen See hin schwammen. Das andere Ufer konnte ich gar nicht sehen.

In Warnemünde

Genauso, wie ich die Berge liebe, liebe ich das Meer. Der Weg führte mich dieses Mal nach Warnemünde. Das Ostseebad gehört zu Rostock und hat einen großen Kreuzfahrthafen. Die Cruiser laufen von hier aus Häfen wie Danzig, Kopenhagen, Göteborg, Oslo, Amsterdam und Stockholm an.

Ein Leuchtturm überragt die Stadt, den ich hochsteigen musste, um die Aussicht auf das Meer zu genießen.

Vom Balkon des berühmten Hotels Neptun aus hatte ich einen guten Überblick über die ein- und auslaufenden Fähren und Schiffe.

Mit der Fähre kommt man in kurzer Zeit nach Dänemark und Schweden.

Hier sprechen die Menschen, die hier wohnen, Plattdeutsch.

In der Alexandrinenstraße steht der Umgangsbrunnen, auf Plattdeutsch „Warnminner Ümgang" (Warnemünder Umgang).

Der Brunnen ist nach dem berühmten Warnemünder Umgang benannt. Dort stehen neunzehn Figuren in festlicher Garderobe, die in der alten örtlichen Tradition dargestellt werden.

Ganz, ganz früher gingen die Menschen nämlich durch Warnemünde, nachdem der neue Ortsvorstand gewählt wurde.

Am ersten Juliwochenende jeden Jahres treffen sich am Leuchtturm zahlreiche Künstler, Persönlichkeiten, Vereine und Geschäftsleute und ziehen - begleitet von Schaulustigen und Zuschauern - zu einem fröhlichen, bunten Umzug durch die Straßen von Warnemünde.

Ich wollte natürlich gleich wissen, ob ich ihnen Gesellschaft leisten darf. Und ich durfte. Ich hielt mich ganz fest, damit ich nicht herunterfalle. Bei dem Rundgang sammelte ich viele bleibende Eindrücke und hoffe, beim nächsten Mal wieder dabei sein zu können. Ich habe sogar ein paar plattdeutsche Worte gelernt.

In Flensburg

Flensburg liegt hoch im Norden ganz in der Nähe von Dänemark an der Flensburger Förde, einer Ausbuchtung der Ostsee. Dort am Strand kann man nicht nur spazieren gehen, sondern im Strandkorb sitzen und aufs Meer schauen. Das wollte ich natürlich auch! Gesagt – getan! Das war schön! Ich legte mich gemütlich in den Strandkorb und hätte gerne noch länger bleiben können, aber ich war mit einigen Flensburgern verabredet.

Den Weg am Strand gingen wir gemeinsam lang, wir waren eine große Gruppe von Menschen. Kinder und Erwachsene mit kurzen Armen und Beinen – ein bunter, lustiger Haufen. Wir haben viel gelacht und erzählt, man hörte uns schon von Weitem.

Anschließend haben wir mit dem Boot eine Runde gedreht und uns Flensburg vom Wasser aus angesehen. Das Boot wackelte recht ordentlich. Außer uns waren nicht viele andere Gäste an Bord, so konnten wir uns amüsieren und uns richtig ausbreiten.

Wir sahen vom Boot aus die berühmten Wasserhäuser, in denen Menschen wohnen. Die Häuser schwimmen auf dem Wasser, eine interessante Vorstellung. Ob das Haus sich bei Sturm bewegt? Ob dann die Gläser im Schrank klirren?

Nachdem die Rundfahrt ein Ende fand und das Boot anlegte, schlenderten wir anschließend durch die Fußgängerzone der Flensburger Innenstadt und unterhielten uns angeregt. Da fiel mir auf, dass viele Menschen, denen wir begegneten, Dänisch sprachen. Klar, Dänemark liegt direkt vor Flensburgs Nase.

Alle zwei Jahre wird „Tummelum" gefeiert, ein Altstadtfest, das im Sommer in der Flensburger Innenstadt abgehalten wird.

Da will ich das nächste Mal dabei sein und mitfeiern.

Beim Klettern

Ich war wieder am Meer unterwegs, am Strand, an dem nicht so viele Menschen waren. Dort lag ein großer, dicker Fels.

Als ich den Felsen sah, musste ich einfach versuchen ihn hochzuklettern. Er zog mich magisch an, ich musste es probieren. Plötzlich standen alle Menschen um mich herum und warnten mich vor dem Erklettern. Ich verstand gar nicht, warum. Sie meinten, ich könne mich beim Klettern nicht richtig festhalten. Die haben ja keine Ahnung! Die sollten mich einmal beim Bäumeklettern sehen. Wenn ich mir etwas vornehme und es mir zutraue, dann werde ich es auch versuchen. Nicht nur versuchen, sondern es schaffen. Also packte ich es an. Zuerst hatten sich durch die Warnungen Zweifel breit gemacht und ich fragte mich selbst, ob ich es denn überhaupt schaffen würde. Andererseits sagte ich mir, warum eigentlich nicht?

Ich will mich doch nicht von anderen verunsichern lassen, die sich nicht einmal selber trauen!

In manchem Sportunterricht gibt es sogar eine Disziplin, bei der der Schüler einhändig eine Sprossenwand hoch- und wieder herunterklettert, während er die andere Hand auf dem Rücken hält. Das schaffe ich locker.

Natürlich war das Klettern ein wenig anstrengend, aber einfach ist langweilig und öde. Ich kam ganz schön ins Schwitzen, Stück für Stück kam ich immer höher. Ich war mächtig stolz, stolz wie Oscar, als ich oben war.

Da war es mir ein Bedürfnis, mich oben dick und breit auf den erklommenen Gipfel zu legen. Ich fühlte mich stark und groß.

Mit Harry

Neulich lernte ich Harry kennen, er ist ein lustiger Junge, der immer zum Scherzen aufgelegt ist. Er hat einen kurzen linken Arm, genau wie ich.

Harry hat immer Dummheiten im Kopf und überlegt ständig, wie er anderen einen Streich spielen kann. Ihm fällt immer etwas Neues ein. Der 1. April bot sich an: Wir schickten gemeinsam Leute in den April. Der Spruch zieht immer: „Dein Schuh ist offen!" Jeder schaut sofort auf seine Schuhe und die Schnürsenkel, die natürlich ordentlich gebunden sind oder – noch lustiger – die Klettverschlüsse. Ilse haben wir die Jackenärmel und Hosenbeine zugenäht. Du hättest sehen sollen, wie sie versuchte, in die Jacke und Hose zu kommen.

Harry erzählt gerne Unwahrheiten. Er sagt Dinge wie: „Heute ist der 4. Mai, das bedeutet, es ist Winteranfang." Ja, bei ihm muss man ständig auf der Hut sein. Unser Freund Pinocchio warnte ihn. Wenn er viel lügt, wächst seine Nase und wird riesenlang!

Auch waren wir unterwegs, um Bewohner mit Klingelstreichen oder auch Schellenkloppen genannt zu ärgern. Wir klingelten irgendwo und suchten dann schnell das Weite. Wir konnten so schnell wie der Blitz rennen. Manche Menschen wurden richtig sauer.

Harry hatte die glorreiche Idee, Besuchern in einem Restaurant unbemerkt ein Furzkissen auf den Stuhl zu legen. Wenn man sich setzte, gab es ein lautes Pupsgeräusch und alle starrten. Die Veräppelten bekamen einen hochroten Kopf und schämten sich fürchterlich. Je unangenehmer es für die Betroffenen war, desto mehr freute sich Harry.

In Wien

Ich bin gerne in Wien, ich verbringe so viel Zeit wie möglich in dieser tollen Stadt. Anfangs muss ich sehr angestrengt zuhören, um die Wiener verstehen zu können. Der Dialekt ist immer wieder ungewohnt für meine Ohren. Nach ein paar Tagen klingt es normal für mich, wie die Wiener sprechen. Diese schöne Stadt zu besuchen, ist immer wieder aufregend und voller Überraschungen.

Ich ging zum Prater, ein bekanntes großes, weitläufiges Auengebiet. Darin gibt es den Wurstelprater, einen Vergnügungspark, in dem das Wiener Riesenrad steht, mit dem ich unbedingt fahren wollte. Das war ganz schön hoch! Mir war zwar etwas mulmig, als ich zum Riesenrad hochschaute, doch die Neugier war stärker. Man konnte die ganze Stadt von dort oben sehen.

Später bin ich dann den Park in Schönbrunn ganz hoch gelaufen, um Schloss Schönbrunn von Weitem zu sehen. Sehr beeindruckend und wunderschön! Man überblickt von hier aus die ganze Stadt. Hier trifft man auf unzählige Touristen, egal zu welcher Jahreszeit.

Ansonsten sitze ich gerne vor dem Stephansdom, um die Touristen zu beobachten. Es gibt sehr viele Museen in Wien, die einen Besuch wert sind.

Am meisten freue ich mich immer auf die Freunde, die ich in Wien treffe, wenn ich dort bin. Ich war schon so oft in Wien und habe sehr viele tolle Menschen kennen gelernt.

Einer dieser Menschen ist Erich, er hat eine linke Minihand mit klitzekleinen Fingerchen. Er ist Berufsschullehrer und fährt in seiner Freizeit Trail mit dem Motorrad. Als wir uns mal wieder trafen, fragte ich ihn, wie er eigentlich Schuhe bindet. Er zögerte nicht und zeigte es mir gleich.

Reiten

In Wien traf ich auf Nina, die ist eine richtige Pferdenärrin. Sie kümmert sich um ihr Pferd, so oft sie kann.

Pferde sind so groß, vor ihnen habe ich Respekt. Ich finde sie wunderschön!

Ninas Nachbarin Raphaela nutzt jede Gelegenheit, die sie bekommt, auf Shaiwa (so heißt Ninas Pferd) zu reiten und sie hat kein bisschen Angst.

Da fasste ich all meinen Mut zusammen und setzte mich auf Shaiwa. Ich hatte vielleicht Herzklopfen! Allmählich fing ich an, das weiche Fell unter meinem Hintern zu spüren. Es war so bequem und warm, dass ich mich langsam entspannte und vor Freude zu singen anfing! Jetzt verstand ich Ninas und Raphaelas Begeisterung.

Noch begeisterter von Pferden ist Angelika. Sie wohnt im hessischen Dreieich, sie reitet, so oft sich ihr die Möglichkeit bietet. Angelika wurde ohne Beine geboren, aber das hat sie noch nie gestoppt. Was sie sich vorgenommen hat, das hat sie konsequent durchgezogen.

Sie arbeitet als Fachärztin für Anästhesie in einem Krankenhaus, das bedeutet, sie versetzt als Ärztin Patienten, die operiert werden, in einen künstlichen Schlaf, damit sie während der Operation keine Schmerzen haben. Ein sehr anstrengender Beruf, den sie gerne ausübt.

Angelika saß im Alter von sechs Jahren zum ersten Mal auf einem Pferd und ihre Begeisterung für das Arbeiten mit einem Pferd hat sie nicht verloren. Ihre größte Leidenschaft gilt dem Dressurreiten, sie hat schon an unzähligen Wettbewerben teilgenommen und gewann über 20 Medaillen, darunter auch Gold bei den Paralympics.

Wenn man einen Traum hat, lohnt es sich daran festzuhalten und nicht aufzugeben.

Am Züricher See

Ich fahre so gerne in die Berge. Mal nach Österreich und mal in die Schweiz. Diesmal führte mich der Weg nach Zürich und an den Zürichsee. Von oben sieht er aus wie eine Banane.

Bei herrlichem Wetter ging ich zuerst in Zürich spazieren und besuchte dort einige Museen. Ich höre den Schweizern unheimlich gerne zu. Das Schweizerdeutsch ist so klangvoll. Ich verstehe zwar nicht alles, aber es fasziniert mich. Zürich mit der Tram, das ist beeindruckend! Dort traf ich auf eine wunderschöne, liebenswerte Frau, mit der ich mich ausführlich unterhielt. Sie hat – genau wie ich – einen kurzen linken Arm. Sie zeigte mir ein paar Sehenswürdigkeiten und erzählte mir von ihren Erfahrungen, die sie in ihrem Leben bisher gesammelt hat. Es war sehr interessant, ihr zuzuhören. Wir setzten uns an das Zürichseeufer und fütterten die Schwäne, die dort zahlreich anzutreffen sind. Sie wissen, wo man den einen oder anderen Happen von Touristen ergattern kann. Im Hintergrund sieht man die Berge, es ist ein paradiesisches Fleckchen Erde.

Später gingen wir Fondue essen, hmmmm, lecker. Da tunkt man mundgerechte Brotstückchen in geschmolzenen Käse, der in einem Keramiktopf über einer Flamme auf dem Tisch steht. Ich genieße das, weil man sich dabei richtig Zeit nimmt und ohne Hektik isst.

Später fuhr ich mit dem Auto weiter, den See lang bis Wollerau. Ich machte es mir auf dem Balkon eines mir bekannten Pärchens bequem. Die junge Frau hat keine Beine und ist sehr sportlich. In ihrem Rolli fährt sie ganz schnell um die Kurven. Ich saß bis zur Dämmerung auf der Brüstung und stellte mir vor, dass die Menschen, die hier wohnen, sich jeden Tag an dieser Landschaft erfreuen können. Ich habe hier so nette Menschen kennen gelernt und träume schon von meinem nächsten Besuch dort.

Bei Peter

Diesmal war die Reise relativ kurz. Wir fuhren nach Laubach, einem Luftkurort im Vogelsberg, in Hessen. Dort gibt es sogar ein Schloss mit einem Park, das von einem Grafen bewohnt wird.

Wir besuchten den Bürgermeister und seine Familie. Ein Bürgermeister ist der Chef einer Stadt, der von Erwachsenen gewählt wird. Die Bürger sind mit ihm zufrieden, denn er wurde schon zwei Mal gewählt. Er übt seinen Beruf mit Begeisterung aus.

Peters Frau und ihre Kinder, Lennart und Romy, begrüßten uns.

Seine Familie findet seine unterschiedlichen Hände ganz normal. Es gibt niemanden im Freundeskreis und in der Schule der Kinder, der Peter als anders empfindet. Für alle ist die kleine Hand Nebensache. Peter trägt keine Handstelze, auch Prothese genannt.

Er hatte endlich etwas Zeit, mir ein wenig aus seinem Leben zu erzählen und hackte sogar Holz für mich. Er erklärte mir genau, was beim Holzhacken zu beachten ist. Ganz wichtig ist die richtige Kleidung, besonders die Schuhe, der Helm und Gesichtsschutz. Peter hat einen tollen Kamin im Wohnzimmer, für den natürlich kleingehacktes Holz gebraucht wird.

In seiner knappen Freizeit arbeitet er gerne in seinem schönen Garten, den er mir gezeigt hat.

Darin steht für die Kinder eine Schaukel, die von ihnen oft und gerne genutzt wird.

Peter lebt nach dem Gesichtspunkt, dass Respekt das Allerwichtigste ist, was man einem anderen Menschen entgegen bringt und auch von anderen erwartet. Ohne gegenseitigen Respekt geht ein Miteinander nicht; innere Werte zählen für ihn viel mehr als Äußerlichkeiten.

Wertschätzung ist ein wichtiger Punkt in zwischenmenschlichem Umgang miteinander.

Bei Laura

Laura ist ein fröhliches Kind. Sie hat mich sofort mit offenen Armen empfangen. Laura hat an ihrer rechten Hand süße kleine Knubbelchen, die aussehen wie kleine Perlen. Ich war sehr erstaunt einen Gips an ihrem rechten Arm zu sehen, der bis hoch zur Schulter ging. Ich bin schon immer neugierig gewesen und war es auch jetzt: „Was ist denn passiert, dass du einen Gips trägst?" fragte ich sie. Laura erzählte mir, was sich auf dem Spielplatz zugetragen hatte. Laura würde am liebsten den lieben langen Tag lang schaukeln. Sie saß auf der Schaukel und schwang hin- und her, so, wie sie es liebte. Da kam ein Mädchen von hinten an und zerrte ganz fest an der einen Seite der Schaukel, so dass Laura den Halt verlor und von der Schaukel fiel. Da musste Laura vor Schmerzen weinen, es tat ganz schrecklich weh. Da der Arm nicht aufhörte zu schmerzen, musste er geröntgt werden. Auf dem Röntgenbild konnte der Arzt sehen, dass der Unterarm gebrochen war. Laura bekam einen richtig schicken roten Gips. Bevor ich mich versah, hatte sie mich auf ihren Gipsarm gesetzt. Er war zwar etwas hart, dennoch urgemütlich.

Danach spielten wir „Uno" und „Memory" und Laura gewann jedes Mal.

Wochen später, nachdem ihr Arm verheilt war und der Gips abgenommen wurde, besuchten wir Laura nochmals. Sie half mir in ihren Fahrradkorb und fuhr mit mir spazieren.

Sie zeigte mir die schönsten Wege, die sie am liebsten fährt und stellte mich einigen ihrer Freunde vor.

Laura fuhr mit mir zu ihrer Lieblingsschaukel. Dort durfte ich mich zu ihr setzen. Hui, war das hoch! Mir wurde ganz schwindelig. Ich hielt tapfer durch und irgendwann ließ ich mich sogar durch ihr Gelächter anstecken.

Bei Emma

An einem sonnigen Frühsommertag fuhren wir zu Emma. Ich war schon sehr gespannt, was mich erwarten würde. Ich hatte schon viel von ihr gehört und fieberte dem Treffen entgegen.

Emma zeigte mir zuerst ihre Spielsachen. Sie hat einen großen Herd, mit dem sie gerne Kochen und Backen spielt. Ihr Kaufladen ist ein Gedicht!

In ihr schickes Spielhaus gelangte ich mit meinem Skateboard. Sie bot mir einen Platz auf dem Sessel an, die Füße legte ich bequem auf mein Skateboard, chillte und schaute fern mit ein paar Freunden.

Emma kümmerte sich rührend um uns, wollte wissen, ob ich es bequem habe und ob der Fernseher im richtigen Winkel steht.

Bei dem fröhlichen Sonnenschein gingen wir nach draußen und Emma bot mir einen Platz auf dem Lenker ihres Rollers an. Er war farblich genauso wie das Spielhaus: pink und lila – einfach schön!

Emma hat weniger Finger als andere Leute und ist unheimlich geschickt. Sie wickelte für mich das Hosenbein hoch, damit ich ihre bunte Beinprothese sehen kann. Die ist sehr schön! Damit kann sie wunderbar Roller fahren. Umsichtig lenkte sie mich durch den Hof und auf den Bürgersteig. Es war etwas wackelig für mich, trotzdem hatte ich keine Angst. Emma fährt nicht zu wild, sondern gerade richtig, nicht zu schnell und nicht zu langsam.

Wir fuhren zu ihrer Lieblingseisdiele und genehmigten uns ein leckeres Eis aus der Waffeltüte.

Wir verabredeten uns wieder, um gemeinsam weiter zu spielen. Der Kaufladen hat es mir besonders angetan.

Emma will auch mit ihren Eltern zum Sommerfest kommen. Das wird bestimmt lustig!

Bei Bille

Bille hat durch einen Unfall den linken Arm verloren. Ich bin sehr begeistert von ihr und ihren wunderschönen blauen Haaren. Sie ist groß und meine Vorliebe für große Frauen ist bekannt. Bille ist mein Lieblingsmensch und ich verbringe gerne viel Zeit mit ihr. Sie hat eine große Klappe und das Herz am rechten Fleck.

Wir hatten schon sehr viele gute und lange Gespräche. Mit ihr kann ich über Gott und die Welt reden. Sie hört mir immer zu und ich nehme mir auch immer Zeit für sie.

Wir unterhalten uns natürlich gerne über unterschiedliche Haarfarben. Bille hatte auch schon mal pinke Haare während ihrer Pink-Phase. Da wollte sie alles um sich herum und an sich in Pink. Mir persönlich gefällt blau viel besser.

Bille wird von Schnute begleitet. Die beiden kommen manchmal zu uns zu Besuch. Da ist die Wiedersehensfreude jedes Mal groß!

Wir machen dann gemeinsame Unternehmungen und sehen uns Interessantes an.

Da passiert es öfter, dass Menschen uns anstarren. Vielleicht sind sie ja neidisch, weil wir so viel Spaß haben?

Die neugierigen Blicke sind manchmal sehr befremdlich. Ich finde es sehr unhöflich, so zu starren.

Neulich war Schnute an der Ostsee – ohne mich. Sie hat mich so sehr vermisst, dass sie mir eine Karte schickte. Ich fand, das war eine tolle Idee! Ich bekomme unheimlich gerne Karten. Vielleicht schreibst du mir auch einmal eine Karte?

Bei Britta und Lise

Endlich wieder reisen! Diesmal nach Flensburg. Dort durfte ich Britta kennen lernen, sie war Mitglied der Handball-Bundesliga, Paralympics-Siegerin in Speerwurf, Diskus und Kugelstoßen. Endlich mit ihr reden zu dürfen war sehr aufregend für mich! Britta ist Trainerin der Handballerjugend in Flensburg, sie trainiert mehrere Mannschaften und ist total nett. Von den Jugendlichen erwartet sie Leistung und leidenschaftliches Interesse statt halbherzigem, fast gelangweiltem Training.

In einer Pause erzählte sie mir von ihren Erlebnissen in Seoul, Atlanta und Sydney bei den Paralympics. Dort hatte sie interessante Menschen aus aller Welt kennen gelernt. Sie konnte die Kugel wahnsinnig weit stoßen!

In Sydney warf sie als Zeichen für das Ende ihrer Paralympicskarriere ihren Turnschuh ins Meer, den sie vorher mit Steinchen beschwert hatte.

Schon als Kind war sie von Handball fasziniert. Ihre Begeisterung für Sport, besonders für Handball, spürt man ganz deutlich. Sie arbeitet für die Familienhilfe in Flensburg, ist verheiratet und hat zwei erwachsene Söhne. Ihre Freizeit gehört größtenteils dem Handball.

Nebenbei ist sie auch Leichtathletik-Coach von Lise. Britta schafft es zeitlich nicht, Lise zu trainieren, aber sie unterstützt sie, wo sie nur kann. Ich kenne Lise ziemlich gut; sie lässt sich gerne von Britta Tipps geben, um ihr Können im Leichtathletiksport zu perfektionieren.

Lise hat schon einige Medaillen zu Hause, die sie bei Wettbewerben in Leichtathletik gewonnen hat.

Später trafen wir uns mit Freunden bei Lise.

Ilse hat mich vergessen

Wie so oft, gingen wir einkaufen. Uns waren ein paar Lebensmittel ausgegangen. Es war viel los im Supermarkt. Der Einkauf gestaltete sich derart hektisch, dass Ilse mich in dem Trubel vergessen hat.

Ich muss ganz schön traurig ausgesehen haben. Einem Kind bin ich ins Auge gefallen und das Mädchen Lena nahm mich mit zu sich nach Hause. Das war aufregend! Ich lernte eine neue Familie kennen, Lena zeigte mir gleich ihr Zimmer mit all ihren Spielsachen.

Die getigerte Katze beschnupperte mich gleich und wollte mit mir spielen und von mir gestreichelt werden.

Lenas kleine Schwester weinte gar nicht, sie lachte mir fröhlich zu. Es war sehr interessant zu beobachten, wie das Baby versuchte, unser Sprechen nachzuahmen. Es brabbelte ganz laut und ganz viel, zwischendurch krähte es vor Lachen.

Ich war total zufrieden und fühlte mich in der Familie gut aufgehoben und angenommen. Sie nahmen mich so, wie ich bin und drängten mir keine Hilfe auf. Sie ließen mich einfach machen und stellten mir keine Fragen zu meinem kurzen Arm. Dafür war ich sehr dankbar. Es fühlte sich an wie im Anderland, meiner alten Heimat.

Trotzdem begann ich, Ilse und meine Freunde zu vermissen, ich wollte nach Hause. Lenas Mutter fuhr mich am Abend heim. Es war so ein schöner Tag mit der Familie, an die Begegnung denke ich gerne zurück und wir sind inzwischen Freunde geworden. Wir wohnen ja nicht so weit auseinander und besuchen uns gegenseitig und verabreden uns, um einiges miteinander zu unternehmen.

Berlin mit Beate

Bei einer weiteren Reise nach Berlin lernte ich Beate kennen. Kaum wurde ich mit ihr bekannt gemacht, war ich schon von ihrem fröhlichen Wesen begeistert. Ihr Lachen ist so ansteckend, dass ich gar nicht anders kann, als mit ihr zu lachen. Sie lud mich zu sich ein und bot mir etwas zu essen an. Da gerade Spargelzeit war, bereitete sie welchen zu. Mit ihrer besonderen Technik schälte sie sie in Windeseile. Mann, ist sie schnell!

Danach entschieden wir uns in die Stadt zu gehen. In Nullkommanix saß ich auf ihrer Schulter und ließ mich tragen. So konnte ich ausgezeichnet sehen, wo wir lang gingen. Da hatte ich alles im Blick. Beate bot mir eine Sightseeing-Tour von Berlin. Sie zeigte mir die Besonderheiten und erklärte mir Näheres dazu. Ich bin total begeistert von der tollen Hauptstadt!

Da erinnerte ich mich, einmal fuhr Ilse nach Berlin ohne mich.

Es war Anfang Januar, mitten im dicksten Winter. Ich hatte gar keine Lust auf Verreisen in dieser Kälte. Ilse wollte mich auf die Reise nach Berlin mitnehmen. Ich wollte jedoch nicht mit. Ich erinnere mich an den kalten Schnee am Brandenburger Tor, auf dem ich das letzte Mal saß und wollte lieber zu Hause bleiben und in Ruhe die gemütliche Wohnung genießen. Also versteckte ich mich in der äußersten Ecke und war mucksmäuschenstill, damit sie mich nicht findet. Zum Glück hat sie mich tatsächlich nicht aufgestöbert und fuhr alleine, ohne mich. Als sie eine Woche später wieder daheim war, erzählte sie, wie eiskalt es in Berlin war. Sie sagte, dass sich das Gesicht wie erfroren anfühlte und sogar das Lachen in der klirrenden Kälte wehtat. Da war ich heilfroh, dass ich mich versteckt hatte und diese Reise ohne mich stattfand.

In Hanau

In dem hessischen Hanau, auch Brüder-Grimm-Stadt genannt, wurden Jacob und Wilhelm Grimm geboren.

Die beiden Brüder sammelten und schrieben vor langer Zeit Märchen nieder, die man sich erzählte. Viele dieser Geschichten kennt man heute noch.

Mir fallen spontan etliche ein. „Der Froschkönig", „Der Wolf und die sieben jungen Geißlein", „Brüderchen und Schwesterchen", „Rapunzel", „Hänsel und Gretel", „Aschenputtel", „Frau Holle", „Rotkäppchen", „Die Bremer Stadtmusikanten", „Rumpelstilzchen", „Dornröschen", „Hans im Glück", „Schneewittchen" und viele mehr. Ein paar von diesen Märchen kennt jeder.

Das Brüder-Grimm-Nationaldenkmal steht auf dem Hanauer Marktplatz. Man erzählt sich, die beiden Brüder würden um Mitternacht die Plätze tauschen, weil Jacob sonst immer stehen bleiben müsste. Diese Behauptung konnte bisher niemand bestätigen. Ob das ebenfalls ein Märchen ist?

Hanau ist der Ausgangspunkt der Deutschen Märchenstraße, die bis nach Bremen und Bremerhaven führt.

Seit längerem gibt es jeden Sommer in Hanau die Brüder-Grimm-Märchenfestspiele, die bisher schon über eine Million Besucher hatten. Sie werden im Freien im Schlosspark vom Schloss Philippsruhe aufgeführt, da herrscht dann eine Superstimmung! Zum Glück ist es überdacht, da bleibt man auch bei Regen trocken.

Jeder kennt den Ausruf „Holla die Waldfee", er kommt von einem Märchen, das deren Schwester Charlotte Grimm niedergeschrieben hat, das leider nicht im Märchenbuch der Brüder Platz fand.

In Bewegung

Turnen hat mir schon immer Spaß gemacht. Ausprobieren, was geht und wo meine Grenzen sind. Wann und wo sich mir die Gelegenheit bietet, nutze ich sie. Egal, wo ich gerade unterwegs bin.

Ob ich eine Schaukel finde oder einen Barren, ich turne sehr gerne.

Am liebsten klettere ich Rutschen hoch und sause mit Hochgenuss hinunter.

Wie du schon sehen konntest, reite ich. Wenn ich ein Pferd sehe und es reiten darf, hält mich nichts. Mich begeistert das Fahrradfahren. Im Boot verbringe ich ebenso gern Zeit, das Paddeln bringt's.

Ein Trampolin zieht mich magisch an, Hüpfen und Purzelbäume schlagen auf dem Trampolin, das fetzt!

Natürlich spiele ich Ball, wo ich kann. Wenn ich Kinder auf dem Fußballplatz sehe, frage ich gleich, ob ich mitspielen darf.

Ich verbringe einige Zeit vor dem Fernseher, aber ich bin viel lieber draußen in Bewegung.

An verregneten Tagen ziehe ich meine Gummistiefel an und gehe nach draußen. Da kann ich nach Herzenslust Regenpfützenweitsprung üben.

Das geht folgendermaßen: Ich nehme Anlauf und springe, soweit es geht, um die Pfütze voll zu treffen. Oder ich versuche, mit beiden Beinen die Pfütze leer zu springen, oder ich versuche breitbeinig von Rand zu Rand die Pfütze zu überspringen. Ich kann mit beiden Beinen gleichzeitig über die Pfütze springen; mit nur einem Bein macht es auch Spaß. Es braucht einiges an Geschick, um halbwegs trocken auf der anderen Seite anzukommen.

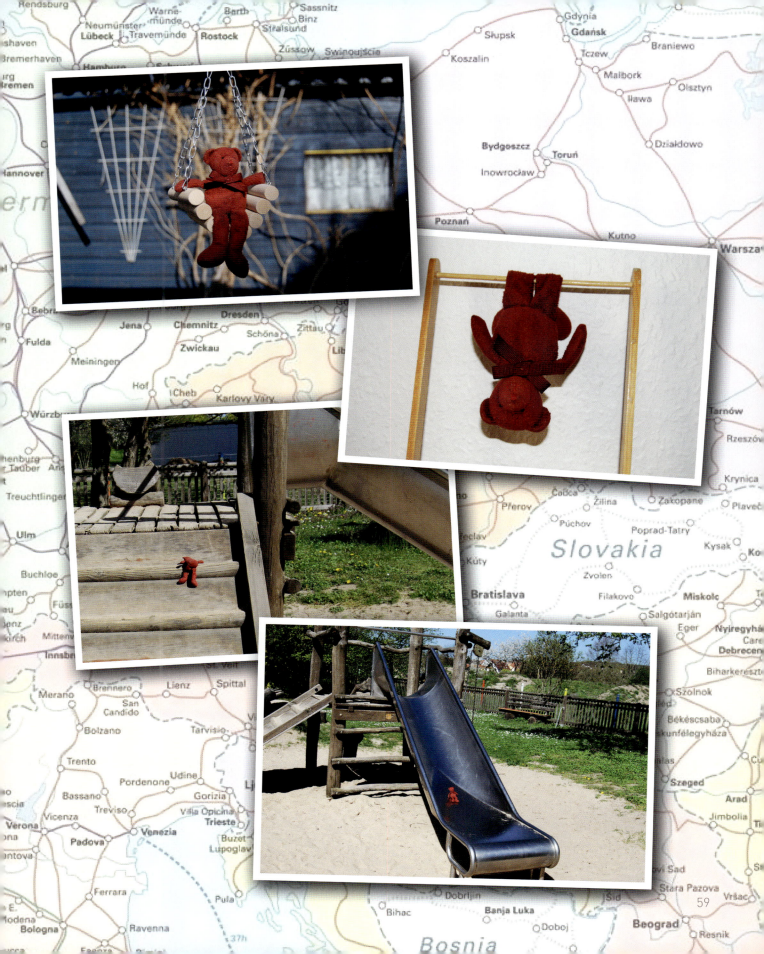

Im Weihnachtsmärchenland

Am Ende des Jahres, wenn die Jahreszeit erreicht wird, in der man Schals, gefütterte Stiefel, Handschuhe und dicke Jacken oder Mäntel anzieht, um nicht zu frieren oder gar krank zu werden, erleuchten helle, bunte Lichter die Häuser. Ganze Straßenzüge sind in Licht getaucht und lassen auch unsere Herzen leuchten.

Ich freue mich immer sehr darüber, dieser Glanz und diese Pracht gibt mir viel Vorfreude und Erwartung auf Weihnachten. Überall in den Geschäften ertönt „Last Christmas" und andere ohrwurmige Weihnachtslieder. Es macht mir richtig Laune, in dieser Zeit shoppen zu gehen. Neulich habe ich mir all die wunderschönen Wichtel und Elche angesehen. Du glaubst mir bestimmt, wenn ich dir sage, ich wollte gar nicht wieder weg. Ich fühlte mich wie im Märchenland und war voller Weihnachtsvorfreude.

Ich setzte mich überall mal hin und probierte aus, ob es bequem genug ist für mich.

In Norwegen, Finnland, Schweden und Dänemark existiert der Brauch des Wichtelns. Die Wichtel wollen nur Gutes tun, sie sind Phantasiemännchen. Sie bringen zur Weihnachtszeit heimlich Geschenke oder tun Gutes. Man sollte ihnen dankbar sein für ihre guten Taten, denn wenn man die Geschenke nicht zu schätzen weiß, nehmen uns die Wichtel das übel und statten uns keinen Besuch mehr ab.

Ich finde diesen Brauch gut und habe dem Wichtel gleich ins Ohr geflüstert, wie ich vom Wichteln bezaubert bin.

Ich mag zwar das kalte Wetter nicht, trotzdem begeistert mich der Zauber der Vorweihnachtszeit!

Im Schnee

Ich persönlich finde den Sommer und warmes Wetter viel schöner, ich kann dem Winter allerdings einiges abgewinnen. Auf Skiern den Berg hinab sausen, das ist ein Hochgenuss! Viele meiner Freunde fahren mit Beinprothese oder mit Krückenski. Zweifler warnten mich, ich könne mit nur einem Stock nicht steuern oder anhalten. Du kannst mir glauben, es geht, und wie!

Skifahren macht nur in den Bergen Spaß, aber für das Rodeln braucht es nur einen kleinen Hügel. Mit dem Schlitten kann man überall fahren, wo es nur ein klein wenig abschüssig ist. Das reicht schon für viel gute Laune und Vergnügen. Ich habe einige Positionen auf dem Schlitten ausprobiert, das Liegen auf dem Bauch ist am besten, weil man da richtig Tempo aufnehmen kann.

Bäume hochklettern ist im Schnee mit viel mehr Kraftaufwand zu schaffen als im Sommer. Im Warmen klettern kann jeder, wie langweilig.

Der Baumstamm ist nämlich ganz schön rutschig, wenn es geschneit hat. Da muss man gut aufpassen, dass man nicht abrutscht.

Eine Schneeballschlacht darf nicht fehlen! Ich kann einen Schneeball am allerweitesten werfen, darin bin ich echt gut.

Einmal legte ich mich auf den Rücken im Schnee und streckte die Arme und Beine aus und machte damit eine Auf- und Abwärtsbewegung. Mein Schnee-Engel sah ganz besonders aus! Er hat einen kleinen und einen großen Flügel und gefällt mir sehr.

Zu guter Letzt muss das Treiben im Schnee mit dem Bauen eines Schneemanns gekrönt werden. Dabei werden die Finger ganz schön kalt, weil man den Schnee gut formen muss, damit ein fröhlicher, runder Schneemann aus den Massen weißen Schnees entsteht. Ich finde, ich habe den schönsten Schneemann der Welt gebaut. Das Beste ist, dass er so groß ist wie ich und kein Riese.

Tschüss ...

Das war vorerst das Ende meiner Reisen, der hoffentlich noch ganz viele weitere folgen werden.

Vielleicht hast du tolle Reisetipps für mich?

Wenn du von mir besucht werden möchtest, schreibe mir einfach eine Postkarte! Du kannst mir auch mailen: herranders1@arcor.de

Das Leben ist so schön und aufregend!

Bis bald, Herr Anders